浮世猫絵葉書輯

——小組《浮世繪中國繪葉書輯》

【貓天堂樂園】

春雨來的時候，叮咚咚，叮咚咚，哪兒也去不了，還好有我們的小窩，可以安心睡大覺，可以喝茶閒磕牙。

【青草巷】
吃壞東西，去青草巷。精神不清，去青草巷。想放鬆一下，更要
去青草巷。

【貓咪森林小學】

第一次到森林上課，對小貓來說是太大的誘惑。蜻蜓啊蝴蝶啊小花啊，還有飛不停的落葉，誰能專心呢。

【賞賣櫻便當】

櫻花可以不賞，但一定要吃櫻花便當。老饕貓都知道，這是季節限定的好康。

【櫻木貓道】

櫻花開了，代表陽光暖了，陽光暖了，貓兒就來了。

【夏天的蕎麥麵】

貓媽媽說要吃涼麵的這天，大貓小貓都乖乖待在家，這可是夏日限定的魚香蕎麥麵。

【阿貓水果店】

吃著吃著，一不留神就瞇瞇眼，打肥的打肥，發呆的發呆。

【貓味茶樓】

春天賞櫻，夏天觀荷，花開得美不美不是重點，重要的是有美味的茶點，

和引人入勝的八卦。

【不開燈的圖書館】

貓讀書是不開燈的，他是烏漆抹黑，瞳孔是圓亮，圖書館員一天只巡視一次，因為多半的時間，他們都躲在書堆裡睡覺。

金魚すくい

【撈金魚】

夜市撈金魚，是最受小貓歡迎的遊戲，他們抓魚的技巧還很差，老闆大把銅板賺得笑哈哈。

【森林秘境】

蟲不鳴鳥不叫，天地安靜地像一首詩，美好的情境，終於還是被，貓的呼嚕聲劃破寧靜。

【貓的旅行大夢】

秋天是最適合遠行的季節啊，一串烤栗子的美味，一場美妙的午睡，就可以帶他們神遊，去埃及貓神殿，去宇宙貓星球。

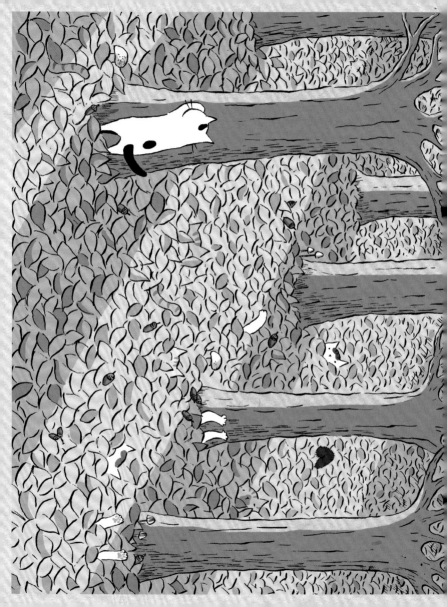

【森林裡的躲貓貓】

落葉厚度超過貓的身高時，就是玩躲貓貓的季節。數到十，貓都躲好了，森林只剩葉片飄落的聲響。

【秋天進補】

秋天是中藥鋪生意最好的季節，貓咪趁在冬天前補身子，尤其是那些腸胃虛弱、怎麼吃都不胖的小貓仔。

【鮮魚癡漢】

有些貓天生是鮮魚癡漢，寧可大清早犧牲睡眠，也要偷一尾嚐。直送、最青的魚來書書書。

【賞雪的日子】

松樹上，岩石上，水面上，雪花落地是有聲音的，只有敏銳的貓耳朵聽得見，而初雪時候許多的願望，據說都會實現。

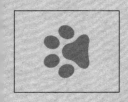

【晒棉被的好日子】

吸飽陽光的棉花柔軟蓬鬆，每件都想躺一躺。

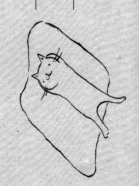

【年貨大街】

貓山貓海，魚山魚海，多買點魚，年年有魚。

【圍爐】

柴火劈哩啪啦·象徵來年平安暢旺。烤魚香傳千里·預告明年鴻事大吉。

【新年禮物】

有了雪貓，貓咪王國，貓貓平安，日日美好。

【後記】

這是一本貓咪的幸福之書。在這個貓咪專屬的世界，沒有浪貓家貓之分，沒有麵包或自由的選擇，沒有高等與低下的對立。在這裡，可以懶散，可以優閒，可以樂在工作，可以享受生活。曾經，貓咪的幸福俯拾皆是，小鳥、落葉、微風、陽光，生命在四季流轉中世代輪替，是再自然不過的事；而今，能找到小小的公寓棲身，高在溫暖的電腦邊，似乎已是莫大的幸福；至於那些在暗巷街角流竄的，等待夜深人靜有一雙手、一頓飯，一聲溫柔的呼喚，人貓之間，只剩車聲人聲俱寂後的短暫交會。親愛的貓咪，一本書的篇幅有限，但想像可以無窮，願你們滿意我以半人半貓觀點為你們建構的，也許並不是那麼完美的世界。親愛的貓咪，如果你們喜歡這個世界，希望你們慷慨邀請其他動物加入。分享，永遠是生命中最美好的一部份。

——結廬在人境的貓小姐

浮世貓繪葉書輯

作　　者　　貓小姐

繪　　者　　貓小姐

責任編輯　　周宏瑋

美術編輯／封面設計　　劉曜徵

封面題字　　杜玉佩

總編輯　　謝宜英

行銷業務　　林智萱

出版助理　　張庭華

出版者　　貓頭鷹出版

發行人　　涂玉雲

發　　行　　英屬蓋曼群島商家庭傳媒股份有限公司城邦分公司

　　　　　　104 台北市民生東路二段 141 號 2 樓

劃撥帳號：19863813；戶名：書虫股份有限公司

城邦讀書花園：www.cite.com.tw 購書服務信箱：service@readingclub.com.tw

購書服務專線：02-25007718～9（週一至週五上午 09:30-12:00；下午 13:30-17:00）

24 小時傳真專線：02-25001990；25001991

香港發行所　　城邦（香港）出版集團／電話：852-25086231／傳真：852-25789337

馬新發行所　　城邦（馬新）出版集團／電話：603-90578822／傳真：603-90576622

印製廠　　漾格科技股份有限公司

初　　版　　2015 年 12 月　　三刷　2016 年 9 月

定　　價　　新台幣 250 元／港幣 83 元

I S B N　　978-986-262-275-9

讀者意見信箱　owl@cph.com.tw

貓頭鷹知識網　http://www.owls.tw

歡迎上網訂購；大量團購請洽專線 02-25007696 轉 2729

國家圖書館出版品預行編目 (CIP) 資料

浮世貓繪葉書輯／貓小姐著．繪．--
初版．-- 臺北市：貓頭鷹出版：家庭
傳媒城邦分公司發行, 2015.12
　面；　公分
ISBN 978-986-262-275-9（平裝）

855　　　　　　　　　　104026251